JEUNESSE

Bout de comète!

Catalogage avant publication de Bibliothèque et Archives Canada

Bergeron, Lucie
Bout de comète!
(Bilbo jeunesse; 92)
ISBN 2-7644-0076-4
I. Titre. II. Collection.

PS8553.E678B68 2000   jC843'.54   C00-941084-8
PS9553.E678B68 2000
PZ23.B47Bo 2000

 Conseil des Arts   Canada Council
du Canada   for the Arts

Nous reconnaissons l'aide financière du gouvernement du Canada
par l'entremise du Programme d'aide au développement de l'industrie
de l'édition (PADIÉ) pour nos activités d'édition.

Gouvernement du Québec – Programme de crédit d'impôt pour
l'édition de livres – Gestion SODEC.

Les Éditions Québec Amérique bénéficient du programme de
subvention globale du Conseil des Arts du Canada. Elles tiennent
également à remercier la SODEC pour son appui financier.

Québec Amérique
329, rue de la Commune Ouest, 3e étage
Montréal (Québec) Canada H2Y 2E1
Téléphone: (514) 499-3000, télécopieur: (514) 499-3010

Dépôt légal : 3e trimestre 2000
Bibliothèque nationale du Québec
Bibliothèque nationale du Canada

Révision linguistique : Diane Martin
Montage : Andréa Joseph [PageXpress]
Réimpression : juin 2005

Bout de comète!

LUCIE BERGERON
ILLUSTRATIONS : Leanne Franson

QUÉBEC AMÉRIQUE jeunesse

De la même auteure

Jeunesse

SÉRIE SOLO

Solo chez madame Broussaille, coll. Mini-Bilbo, Québec Amérique Jeunesse, 2001.

Solo chez monsieur Copeau, coll. Mini-Bilbo, Québec Amérique Jeunesse, 2002.

Solo chez madame Deux-Temps, coll. Mini-Bilbo, Québec Amérique Jeunesse, 2003.

Solo chez monsieur Thanatos, coll. Mini-Bilbo, Québec Amérique Jeunesse, 2004.

Solo chez grand-maman Pompon, coll. Mini-Bilbo, Québec Amérique Jeunesse, 2005.

SÉRIE ABEL ET LÉO

Bout de comète !, coll. Bilbo, Québec Amérique Jeunesse, 2000.

Léo Coup-de-vent !, coll. Bilbo, Québec Amérique Jeunesse, 2001.

Sur la piste de l'étoile, coll. Bilbo, Québec Amérique Jeunesse, 2002.

Un Tigron en mission, coll. Bilbo, Québec Amérique Jeunesse, 2003.

Le Trésor de la cité des sables, coll. Bilbo, Québec Amérique Jeunesse, 2004.

Un chameau pour maman, coll. Libellule, Héritage Jeunesse, 1991.

La Grande Catastrophe, coll. Libellule, Héritage Jeunesse, 1992.

Un voilier dans le cimetière, coll. Boréal Junior, Éditions du Boréal, 1993.

Zéro les bécots !, coll. Libellule, Héritage Jeunesse, 1994.

Zéro les ados !, coll. Libellule, Héritage Jeunesse, 1995.

Un micro S.V.P. !, coll. Carrousel, Héritage Jeunesse, 1996.

Zéro mon Zorro !, coll. Libellule, Héritage Jeunesse, 1996.

Le Magasin à surprises, coll. Carrousel, Héritage Jeunesse, 1996.

À pas de souris, coll. Carrousel, Héritage Jeunesse, 1997.

La Lune des revenants, coll. Libellule, Dominique et compagnie, 1997.

Le Secret de Sylvio, coll. Carrousel, Dominique et compagnie, 1998.

La Proie des ombres, coll. Libellule, Dominique et compagnie, 1998.

Zéro mon grelot !, coll. Libellule, Dominique et compagnie, 1999.

Le Tournoi des petits rois, coll. Carrousel, Dominique et compagnie, 1999.

À ma sœur Danielle

-1-

Dans l'œil
de la tornade

Personne en vue. La rue est déserte. Il est en retard. Je ne l'ai pas vu depuis cinq ans et il est en retard. J'ai mis ma plus belle chemise. Je me suis lavé les dents, j'ai brossé mes cheveux. Maman m'a même obligé à porter une cravate.

J'attends, le nez collé à la fenêtre. Oh! deux coups de klaxon! Une camionnette rouge sang freine brusquement. Elle vire à droite et se stationne dans notre allée. Derrière le volant, j'aperçois un chapeau de cow-boy.

—C'est lui!

Je cours vers l'entrée. Mes parents se précipitent derrière moi. La porte s'ouvre toute grande et il apparaît. Il est tellement costaud qu'il cache le soleil.

—Papou! s'écrie ma mère.

—Monsieur Laforêt! s'exclame mon père.

J'observe le visiteur. Est-ce que les grands-pères continuent de grandir? Le mien ressemble à un géant.

—Bonjour, la petite famille! lance grand-papa.

Sa voix basse vibre comme de grandes orgues.

—Ma marguerite sauvage! Viens m'embrasser, ma toute belle.

Rose de bonheur, maman se jette à son cou. Grand-papa l'enlace si fort que ses talons hauts quittent le sol. Maman rit aux éclats, comme une petite fille qu'on chatouille. Puis grand-papa attrape mon père par les épaules. Il le plaque contre sa poitrine et lui donne de grandes tapes dans le dos. Papa est ému. Ses joues s'enflamment d'un seul coup. Bon... je crois que c'est mon tour. Je suis un peu nerveux. Grand-papa est une vraie tornade. Je ne sais pas ce qui va m'arriver. Je fixe le bout de mes souliers. Le cœur battant, j'attends.

Mais il ne se passe rien. Je relève la tête. Grand-papa s'est accroupi. Il me regarde. Ses immenses yeux bleus sont mouillés de larmes. Il renifle et bafouille :

—Mon-mon pppetit garçon... mon petit-fils. Tu as poussé aussi vite qu'un plant de petits pois. C'est bien toi, Abel?

Je fais signe que oui. Et là, la tempête se déchaîne.

Grand-papa referme ses mains sur moi et me soulève. Je grimpe dans les airs comme une fusée. Je pirouette, je plonge, je vole. Il lance son chapeau d'une main et me projette de l'autre. Je file jusqu'au plafond. Il me rattrape et me serre sous les bras. Aïe! Ça fait mal. Il recommence encore. Je tournoie dans les airs. Trois fois, quatre fois!

Il me dépose enfin. Oh! que je suis étourdi! J'ai l'impression d'avoir fait le tour de la Terre dans une sécheuse. Je m'appuie contre le mur, le cœur au bord des lèvres. Grand-papa aurait pu me prévenir. Je déteste qu'on me prenne pour une poupée de chiffon.

Grand-papa déclare :

—Quelle souplesse, mon Abel! Tu tiens ça de moi. Je suis bourré de talents.

Il ajuste son chapeau sur sa tête, fier de lui.

—Bout de comète! J'allais oublier... J'ai quelqu'un à vous présenter.

Grand-papa aurait-il amené un invité? Sans même nous en parler? Je ne sais pas où il va dormir. Notre maison est si petite.

-2-

Les envahisseurs

Grand-papa va à sa camion-nette et revient à grandes enjambées. Une ombre se cache derrière lui. Soudain, elle galope jusqu'à la porte. C'est un monstre! Un vrai! Il est aussi gros qu'un veau. Il a une tête d'ours et des pattes de lion. Il bouscule papa, bondit et atterrit sur le joli canapé rayé de maman.

—Mon petit joueur de tours! s'exclame grand-papa en ren-trant. Les enfants, je vous présente mon compagnon de route, mon chien Mammouth. Il est un peu gros. Mais il est aussi

inoffensif qu'un cochon d'Inde. Je vous assure, il est doux comme une couche de coton.

Il se met la main sur l'estomac et demande :

—Alors, quand est-ce qu'on mange?

Mes parents se dirigent d'un pas pressé vers la cuisine. Moi, j'observe Mammouth. Il occupe le canapé en entier. Sa tête de bête sauvage est appuyée sur l'accoudoir. Sa longue queue noir charbon ressemble à un fouet. Elle est enroulée autour d'un coussin de dentelle. Je n'en reviens pas! Maman m'interdit de poser les pieds sur ce canapé. Même si j'ai des bas propres! Et Mammouth la bête s'y prélasse en roi et maître. Maman n'a rien dit. Elle n'a pas grondé grand-papa. Les invités ont toujours raison. Ce n'est pas juste!

Je bougonne jusqu'à la cuisine. Sur le pas de la porte, je laisse échapper un soupir d'impatience. Grand-papa est assis au bout de la table, à MA place. Je jette un regard mécontent à ma mère. Elle me fait les yeux doux. Bon, d'accord, je ne parlerai pas. Je sais recevoir la visite, moi aussi. Grand-papa peut garder ma chaise. Son chien a bien le canapé!

Maman a cuit un énorme poulet pour le souper. Je n'en ai jamais vu de pareil. Il pèse plus lourd que trois boules de quille. Maman dit d'une voix claire:

—Papou, je t'ai préparé ton plat favori. De la dinde croustillante à la chair tendre et juteuse.

Grand-papa se lèche les babines. Sa langue touche presque son nez. Je trouve qu'il n'est pas gêné du tout. Son chien doit faire pareil devant son bol de viande.

Maman ajoute :

—T'avoir parmi nous est un véritable cadeau. C'est mon deuxième Noël de l'année.

Grand-papa se lève et tend les bras. Maman s'y précipite. Elle l'embrasse sur les deux joues en se haussant sur la pointe des pieds. Son père la serre à l'étouffer. Elle éclate d'un rire aigu qui n'en finit plus, comme le ferait une fillette à tresses. Grand-papa se racle la gorge, puis se rassoit. Il cale son vieux chapeau de cow-boy sur sa tête. Elle le regarde d'un air attendri. Ce n'est pas juste! Moi, je dois enlever ma casquette à table.

—Abel, tu m'étonnes, lance-t-il. Combien mesures-tu maintenant?

Je marmonne :

—Je ne m'en souv...

—Je le savais! Tu dépasses le tournesol de mon jardin, mais tu n'atteins pas encore les quenouilles de l'étang. Bout de comète! Tu pousses comme de la mauvaise herbe. Vite, vite, vite!

De la mauvaise herbe? Je ne suis pas d'accord.

—Grand-pap...

Il me coupe de nouveau la parole pour s'adresser à mon père :

—Alors, mon Jean, quand vas-tu me donner une petite-fille?

Mon père s'étouffe avec sa bouchée de canneberges. La question l'a surpris. Lui aussi, il trouve que grand-papa est sans-gêne. Une petite-fille! Franchement... Tout le monde sait bien que la maison est juste assez grande pour nous trois.

-3-

Le maître
des lieux

Pendant tout le repas, grand-papa raconte, décrit, explique en long et en large. Personne ne peut placer un mot. Il parle de ses exploits, la bouche pleine. Il dévore les deux cuisses de la dinde, puis le cœur et le foie. Il pose des tas de questions, mais il n'écoute pas les réponses. Mon grand-père se prend vraiment pour le centre de l'univers. Il agit comme si on n'existait pas. Des petites fourmis, voilà ce qu'on est.

Le dessert arrive enfin. Maman a acheté un baba au

rhum pour la visite. Moi, je préfère la crème glacée.

—Voilà, Abel. Ton cornet préféré!

Je remercie maman d'un cri de joie. Elle, au moins, pense aux autres. J'admire mon fantastique cornet à trois boules. J'ai hâte de le déguster. Un filet rose fraise zigzague vers le chocolat et la vanille. Un petit coup de langue devrait le faire disparaître. Mais c'est une énorme langue baveuse qui vient se régaler à ma place. Une langue de fauve affamé.

Grand-papa me sourit, embarrassé. Puis il éclate de rire. Papa et maman l'imitent. Je hurle :

—Va-t'en! Laisse mon cornet, gros chien mal élevé!

J'essaie de repousser le monstre noir. Ses yeux brillent

de gourmandise. Mammouth est décidé. Il donne un autre coup de langue. Mon beau cornet!!! De ma main libre, je tire sur son collier. Il ne bouge pas d'un millimètre et continue à dévorer mon dessert. Grand-papa rit encore plus fort. Je tire de toutes mes forces. Mammouth est aussi lourd qu'un grizzli gavé de miel. Résigné, j'abandonne. Personne n'est venu m'aider, même pas maman. Je me lève et j'écrase mon cornet sur la truffe de Mammouth. Loin d'être fâché, cet effronté aboie de plaisir. Je cours me blottir sur le canapé rayé du salon. Et je fais exprès pour y mettre les pieds.

J'entends bientôt des bruits de vaisselle. Mammouth arrive en trottinant. Je l'accueille avec mon regard d'homme en colère. Sans broncher, je le fixe dans les yeux. Je ne suis pas près de lui pardonner.

Mammouth s'approche malgré tout du canapé.

—NON! Il est à moi, ce soir. Couché, grosse bête!

Les oreilles de Mammouth retombent. Le chien s'allonge sur le plancher. Il bâille. Je crois qu'il a compris. Je prends une bande dessinée sur la petite table. J'étire mes jambes sur le canapé. J'appuie mon dos sur deux coussins. Mammouth va finir par comprendre : les humains sur le canapé, les chiens sur le plancher. Ce n'est pas compliqué!

Mammouth sommeille. Sa grosse tête d'ours repose sur ses pattes de lion. Il rêve sûrement à une montagne d'os... ou de boules de crème glacée!

Je ne peux pas résister. J'ai trop envie de le taquiner. Je chatouille son oreille gauche avec mes orteils. La réaction est instantanée. Mammouth ouvre un œil. Il renifle mon pied, ma cheville, mon mollet. Il se lève.

—Non, non, reste couché! Tu as rêvé. Ce n'était pas moi.

Mais Mammouth ne m'écoute plus. Il pose une patte sur le canapé, puis une autre. Il se redresse. Sa tête me domine. La lampe du salon fait luire ses crocs aiguisés. Je ne peux plus m'échapper. Je me fais très petit dans un coin. Mammouth grimpe sur les coussins. Il est gigantesque. Il se tourne d'un côté et de l'autre. Il cherche un coin douillet. Ses quatre pattes font grincer les ressorts. Il finit par s'étendre de tout son long, comme avant le souper. Moi, je n'ai plus de place pour bouger. J'articule d'une voix faible :

—Ma bande dessinée est restée sous tes fesses. Pousse toi !... M'entends-tu ? Maaaammouth ?

Heureux, Mammouth agite la queue. Pouah ! Je la reçois en plein visage. J'essaie de glisser ma main sous son corps.

Impossible! J'entends ma bande dessinée craquer sous son poids. Au même moment, j'aperçois grand-papa entrer dans le salon. À vrai dire, je ne vois que son chapeau parce que l'énorme Mammouth me bouche la vue. Je demande dans un souffle :

—S'il te plaît, viens m'aider.

—Promis, je ne dirai pas où tu es caché.

Il tourne les talons et disparaît. C'est trop fort! Mon grand-père est reparti vers la cuisine sans lever le petit doigt pour moi. Exaspéré, je crie :

—Dégage, Mammouth!

Pouache! Encore un coup de queue. Je soupire. Vraiment, le canapé est trop petit. Beaucoup trop petit pour Mammouth-la-Bête et moi.

-4-

L'ogre de la nuit

J'ai l'impression qu'on m'a oublié. J'ai appelé maman du salon, mais elle ne m'a pas entendu. La musique est trop forte dans la cuisine. C'est sûrement la faute de grand-papa. Mes parents n'aiment que la musique douce et reposante. Jamais je n'entends les trompettes résonner comme ce soir. Je trouve que mes parents exagèrent. Ils donnent beaucoup de permissions à notre visiteur. Je sais bien que mon grand-père est un invité de marque. On m'a raconté qu'il avait déjeuné avec le roi de la

Papouasie et qu'il avait gagné au billard contre un prince arabe. Mais ce n'est pas une raison pour que mes parents me laissent tomber.

J'en ai assez d'être coincé ici. Mammouth m'empêche de me lever du canapé. Quand je bouge, il se colle encore plus contre moi. Je ne peux ni lire ni regarder la télévision. La télécommande est restée sur l'appareil. J'en ai plein le dos!

Dans les repas de famille, on répète que mon grand-père est connu dans tous les grands hôtels du monde, de l'Argentine jusqu'en Chine. Sauf qu'ici c'est ma maison et personne n'est obligé d'être à son service.

J'essaie encore une fois d'appeler maman. Tout à coup, la musique cesse. J'entends aussitôt un pas rassurant. Papa entre dans la pièce. Il lance :

—Ne bouge pas, Abel! Il faut que je prenne une photo. Vous êtes si mignons tous les deux.

—Nooon! Viens me délivrer. Mammouth me garde prisonnier.

—Le vilain chien... Est-ce qu'il a avalé la clé des menottes?

Mon père rigole, il se pense drôle. Je réplique :

—Je veux aller me coucher!

—Bon, bon, calme-toi, fiston. Je ne t'ai jamais vu aussi pressé d'aller dormir. Je prends une seule photo et je prépare ta douche.

Papa n'a aucune pitié : il m'oblige même à sourire. Il veut garder le plus beau des souvenirs. Ça me demande un

gros effort. J'ai chaud, j'em-
peste le chien, j'en ai plus
qu'assez.

Mammouth n'apprécie pas
le flash de l'appareil photo. Il
déguerpit dès que l'éclair jaillit.
Bon débarras!

Je prends ma douche en
vitesse, car j'ai hâte d'aller dans
ma chambre. C'est le meilleur
refuge pour lire en paix. Je
vais dire bonsoir à mes
parents, mais je ne vois pas
grand-papa. Tant mieux! Il
m'aurait raconté une autre de
ses histoires. À la fin, je n'au-
rais plus eu de temps pour la
lecture.

J'entre dans ma chambre et
j'ouvre la lumière. Hein? Je la
referme d'un coup sec. Grand-
papa est là, couché avec son
chapeau de cow-boy. Et il dort
dans MON lit. Qu'est-ce qu...

C'est vrai, je me rappelle. Maman m'a demandé de partager ma chambre. Ce matin, elle a installé un lit pliant pour son père à côté du mien. Moi, je devais garder ma place. Grand-papa s'est trompé de lit.

Oh! non! Je sais ce qui s'est réellement passé. Il n'a pas écouté la consigne. Encore une fois, il n'a pas écouté ce qu'on lui a dit. Il n'a fait qu'à sa tête.

Déçu, je me dirige vers le lit pliant. J'avance à petits pas parce qu'il fait noir. Je me glisse sous les couvertures. Je croise mes bras sous ma tête et je fixe le plafond.

Je suis en colère. Je ne pourrai même pas lire ce soir! Je serre les dents. Je suis vraiment très fâché. À coups de poing, je replace mon oreiller. Tout va de travers. Mes yeux picotent. Quelle affreuse soirée! J'ai perdu mon cornet de crème glacée. Mammouth a cassé ma bande dessinée. Et grand-papa m'a volé mon lit.

Je n'aime pas la visite. La maison est trop petite.

Pourtant, j'avais hâte de revoir grand-papa. Maman l'adore. Elle en parle constamment. Mais il ne ressemble à aucun de ses souvenirs.

Maman a des problèmes de mémoire, c'est sûr. Son père n'est pas du tout un homme charmant. Il parle fort, il n'écoute personne. Il mange comme un ogre, il claque la langue comme son chien. Il ne pense qu'à lui. Il est énorme et il ronfle!

Je me redresse pour l'observer quand je vois la porte bouger. Elle s'ouvre lentement. Une masse sombre entre dans la chambre. Au secours! Je me recroqueville sous les couvertures. C'est ma seule chance de lui échapper.

Bientôt, plus rien ne bouge. Je sors la tête. J'ouvre un œil... et je reçois de la bave chaude sur le nez.

—Ouache! le chien, va-t'en!

Heureux de me voir, Mammouth grimpe sur mon lit et se

couche. La gueule sur mon oreiller! Il ne me reste qu'un minuscule espace pour dormir. Je lui répète de partir, mais Mammouth ne bouge pas d'un poil. Il ne m'écoute pas. Il fait exactement comme son maître. Il prend toute la place sans se soucier des autres.

Je déteste la visite. Je me sens tout petit entre Mammouth et grand-papa.

-5-

Comme
des voleurs
dans l'aube

On me chatouille les orteils. À demi réveillé, je marmonne :

— Arrête, Mammouth! Laisse-moi dormir.

Le chien ne m'obéit pas. Il pose sa main sur mon épaule et me secoue avec insistance.

— Mammouth, Mamm...

Voyons, un chien n'a pas de mains! Qui est-ce alors? J'entrouvre les yeux. Mes paupières pèsent lourd. On dirait qu'un géant s'est assis dessus.

— Abel, mon champion, réveille-toi! murmure mon grand-père.

Je me redresse sur un coude. Je me frotte les yeux. Aïe! J'ai mal partout. Hein? Qu'est-ce que je fais couché par terre? Je me retourne. Mammouth ronfle, enroulé dans mes draps. Ses fesses de mastodonte écrasent mon oreiller. Le mal élevé! Il m'a jeté en bas de mon lit pendant la nuit.

—Bout de comète! Lève-toi, Abel. Nous sortons.

Je regarde grand-papa. Il porte une camisole blanche et un pantalon de camouflage. Les poings sur les hanches, il m'attend. Un mince filet de lumière filtre entre les rideaux de la chambre. Je regarde mon réveil.

—Cinq heures! Tu veux que je me lève à cinq heures du matin? Es-tu f...

Je m'arrête juste avant de dire une bêtise. Je tire sur ma couverture et je me roule en boule. Grand-papa s'accroupit près de moi. Je lui tourne le dos sans remords. Il me supplie :

—Abel... mon unique petit-fils adoré. Je ne suis plus capable de dormir. J'ai fait un long voyage en avion et je ne distingue plus le jour de la nuit. Hier soir, je tombais de sommeil à huit heures. Ce matin, par contre, je suis réveillé. Viens dehors avec moi, s'il te plaît, mon champion.

—Je suis fatigué. Va regarder la télé, grand-papa.

—Surtout pas! J'ai bien trop peur de réveiller tes parents.

Et moi? Je ne compte pour rien? Je ne suis qu'un enfant, évidemment. Ce n'est pas grave qu'on me réveille. Grand-papa soupire. Il me gratte la nuque, me tire des mèches de cheveux. Il me pince les talons. Un vrai bébé! Le plus capricieux des bébés géants!

Je grogne, mais je me lève. Grand-papa bondit sur ses pieds. Il ajuste son chapeau de cow-boy et me dit:

—Je savais que je pouvais compter sur toi. Allons vite dehors.

Je m'habille lentement. J'ai l'impression d'avoir dormi sur un tapis de clous. Je suggère:

—On pourrait jouer à un jeu de société dans la cuisine.

—Pas question! J'ai besoin de bouger.

Grand-papa ouvre la porte avec précaution. Avant de sortir, il fait claquer ses doigts.

Mammouth relève la tête aussitôt. Il déplie son immense carcasse. Il me fixe, puis il bâille avec nonchalance, debout sur mon lit pliant. Il se moque de moi ou quoi? Je lui réserve une surprise s'il est encore là ce soir. Il ira dormir sous la galerie. Un beau dodo avec les araignées et les mille-pattes!

Mon grand-père sait être silencieux. J'en suis tout étonné. Le plancher ne craque même pas quand il marche. Nous sortons dans la cour à pas de voleurs. Je frissonne sous mon chandail de laine. De la buée sort de ma bouche. Le soleil vient à peine de franchir l'horizon. Un seul oiseau chante sur le terrain du voisin.

Grand-papa bombe son torse. Il prend de grandes

respirations tandis que ses muscles roulent dans son dos. Sa camisole révèle des épaules puissantes. On dirait un lutteur. Dans le fond, je suis certain qu'il gèle. Mais il fait le coq pour montrer ses gros bras. Mammouth sommeille à ses pieds. Il sait bien, lui, qu'il est trop tôt pour quitter son lit.

Mon géant se retourne vers moi. Il me demande d'approcher. Il pose sa large main sur mon épaule et déclare :

—Je suis content que nous soyons seuls tous les deux. Tu sais, Abel, j'ai beaucoup voyagé. J'ai rencontré des milliers de gens. Je connais une foule de choses, car j'ai touché à tous les métiers.

Je lève les yeux au ciel. Le voilà qui recommence à parler de ses exploits. Il aurait pu me les raconter au chaud sur le canapé.

Il poursuit d'un ton solennel :

—Lors de mon dernier voyage, j'ai vécu dans une tribu, très, très loin des villes. Les gens de ce peuple sont fiers et braves. Il n'est pas facile de les approcher. Malgré tout, j'ai réussi. J'ai subi des épreuves. J'ai participé à une grande fête où je suis devenu un des leurs. Le chef m'a même invité chez lui avant mon départ. Il m'a offert un cadeau exceptionnel, un cadeau qui marque sa confiance. Moi, Léo Laforêt, j'ai le droit d'initier quelqu'un.

Je le regarde, intrigué. Il m'explique :

—J'ai le droit de faire passer ces épreuves à une autre

personne. À une seule et unique autre personne. Je t'ai donc choisi, Abel. Tu peux devenir membre de la tribu, toi aussi. Tu peux devenir un *Tigron étoilé*.

Je fronce les sourcils. Est-ce que je suis en train de rêver? Mes jambes sont molles comme de la gélatine. Je m'endors. Je veux rentrer.

—Grand-papa, merci beaucoup, mais...

—Non, non, ne me remercie pas. C'est moi qui suis content. Je reconnais ton courage. Tu tiens ça de moi. En avant, Abel! Commençons tout de suite!

Mammouth bondit sur ses pattes. Sa queue claque comme un fouet sur mes doigts gelés. Il n'y a rien à faire, grand-papa ne m'écoute jamais. Il a la tête

plus dure qu'une noix de coco.
Il ne prête pas attention aux
plus petits que lui.

-6-

Des trucs
de vieux singe

Grand-papa Léo commence par me faire courir. Avant que je parte, il me donne une tape sur les fesses. Les joueurs de football font pareil. Je l'ai vu à la télévision samedi dernier. Il paraît que ça leur donne du courage.

Mammouth trottine derrière moi. Grand-papa est planté bien droit devant la balançoire. J'amorce le troisième tour de la cour quand j'entends :

—Plus vite, Abel, plus vite! Tu cours comme une marmotte. Je veux te voir courir comme une antilope.

Facile à dire! Grand-papa a dormi profondément, lui. Il n'a pas partagé son lit avec un veau à tête d'ours. J'ai dû dormir soixante-douze minutes en tout. J'ai plutôt envie de ralentir.

—Hé! Mammouth, fais attention. Tu me marches sur les talons avec tes grosses pattes.

Mais le chien ne m'écoute pas. Il colle sa gueule pleine de bave dans mon dos. Ouache! J'accélère d'un coup sec. Mammouth aboie, surpris. S'il pense que je vais l'attendre... Je cours encore plus vite. Je fonce comme un bolide. Je tourne les coins en dérapant. La boue gicle dans tous les coins. Même grand-papa en reçoit sur ses vêtements.

—Stop! crie-t-il. Tu as terminé tes quinze tours.

Je ralentis. Ma respiration est rapide. J'ai soif. Et je crève de chaleur sous mon chandail de laine. Je regarde autour de moi. Mammouth s'est allongé sous un arbre. Il a démissionné, le paresseux! Il se prend pour une grosse bête, mais c'est moi le plus fort.

J'enlève mon chandail et je le lance sur le siège de la balançoire. Je me retrouve en camisole comme grand-papa.

— Mon petit-fils, tu m'épates. Bout de comète! On dirait que tu as des réacteurs de fusée sous tes chaussures. Tu dois être assoiffé après cet exercice.

Je fais signe que oui. Mon grand-père me tend une gourde en métal. Je m'en empare, bien décidé à la vider. Une gorgée, deux, trois, qu...

— Beueurk! C'est archi-mauvais!

Je ne suis plus capable d'avaler. J'ai un goût si amer dans la bouche que mes lèvres se tordent. Je crie en grimaçant :

— Qu'est-ce que tu m'as fait boire, grand-papa?

Il me répond sur un ton savant :

—Douze gouttes de lait de guenon dans une tasse de lait de lionne.

Dégoûtant! Moi qui ne bois mon lait de vache qu'avec du chocolat.

Il ajoute :

—Il y a aussi quelques herbes secrètes. Le grand chef n'a pas voulu me les révéler. Mais il m'a donné cette gourde pour toi. Mon cher Abel, tu viens de franchir une étape importante. La troisième.

Grand-papa prend le temps de m'expliquer. Avant de devenir Tigron étoilé, il faut se préparer. Le candidat courageux, l'initié, doit dormir sur un sol de terre battue. Selon grand-papa, passer la nuit sur le plancher de ma chambre faisait aussi bien l'affaire. Ouf! Je peux me compter chanceux.

Un peu plus et j'allais dormir sous la galerie avec les mille-pattes! Puis l'initié doit courir. Il court pour avoir soif. Quand il a soif, il n'a pas peur de boire la potion.

Grand-papa précise :

— La potion est importante. Elle vient laver ton intérieur.

Je réplique d'une voix ferme :

— Ta potion, elle a un goût de médicament. Tu sais, celui qui arrête la diarrhée.

Mon grand-père me jette un regard désapprobateur. Il trouve que j'exagère. Il dit :

— Le lait de lionne rend pur. Les membres de la tribu le savent, eux.

Indigné, il me tourne le dos et se dirige vers le fond du jardin. Mammouth le suit, et moi aussi. Grand-papa sort son canif pour gratter l'écorce d'un arbre. Qu'est-ce qu'il fabrique encore? Pourvu qu'il ne me fasse pas manger des larves. On en parle dans mon encyclopédie. Il y a des gens qui croquent les insectes comme des bonbons. Grand-papa se retourne, la main tendue. Je vois une boule grisâtre dans sa paume. Il déclare :

—Le ligaruvier donne la gomme de la bravoure. C'est un arbuste très rare qui pousse près du camp de la tribu. Ici, on ne trouve pas de ligaruvier. Pour t'initier, j'ai donc prélevé un peu de gomme de sapin. C'est aussi efficace, crois-moi. Prends, Abel.

J'hésite. Je me méfie un peu. Grand-papa m'a attrapé avec sa potion de vieux singe. Mais, cette fois, l'arbre pousse dans ma cour. Sa gomme ne peut pas être si mauvaise, après tout. Je prends la boule gris sale. D'un geste rapide, je l'expédie dans ma bouche. Autant en finir le plus tôt possible.

Le goût âcre me surprend aussitôt. Je retiens une grimace. J'ai l'impression d'avoir la bouche remplie d'aiguilles de sapin.

Mon grand chef répète avec insistance :

— Mâche, mâche! Mastique, mastique! Ne t'arrête pas, Abel.

Je m'exécute, pendant qu'il tourne autour de moi. Il tient dans sa main une longue plume rouge et noire. Il effleure ma nuque avec sa plume. Oh! ça chatouille.

— Mastique, mastique toujours! Encore, Abel.

La plume taquine mes oreilles. J'ai des frissons jusque dans le bas du dos. Je vais crier, c'est certain. Je viens pour ouvrir la bouche. Hein? Mes mâchoires restent collées. La gomme de sapin les a soudées!

—Bravo, Abel! m'encourage grand-papa. Continue à mâcher.

La plume passe sous mon nez, caresse mes lèvres. Elle se faufile sous mes aisselles et descend jusqu'à mes mains. J'ai tellement envie de rire que j'en tombe à genoux. Mais la gomme de sapin me tient la bouche bien fermée. D'un air solennel, grand-papa tourne une dernière fois autour de moi sans me toucher. Puis il fiche la plume dans la pelouse et s'agenouille. Il prend mon visage entre ses mains et s'exclame :

—Hourra! Tu as réussi le supplice de la plume. Tu as résisté à ses attaques. Tu as du sang de Léo Laforêt dans les veines, mon champion. Tu es brave sous la torture, comme moi.

Je réponds :

—Mmmummm, mmmummommm.

—Pauvre garçon! Tu ne peux pas parler. Attends, je vais t'aider.

Mon grand chef entrouvre mes mâchoires. Il glisse délicatement ses doigts immenses entre mes dents. Il n'a vraiment pas peur de se faire mordre. Il me dit, tout en faisant le ménage :

—Les braves de la tribu sont capables d'endurer bien

des choses. Cependant, on reconnaît un vrai Tigron à son exceptionnelle résistance. Il ne crie jamais quand il est en difficulté. La gomme du ligaruvier est une alliée indispensable. Quoi qu'il arrive, elle nous garde muets. Sa cousine des pays nordiques, la gomme de sapin, permet d'obtenir le même résultat. Incroyable, non?

J'observe grand-papa du coin de l'œil. Il essuie ses doigts gommés sur la chaise longue. Maman ne sera pas contente. Elle va piquer une vraie colère, cette fois. Intrigué, Mammouth s'approche. Il renifle la chaise longue. Et il se met à lécher avec gourmandise la gomme de sapin. Sa langue d'ours nettoie tout sans laisser de traces. Grand-papa Léo est sûrement brave. Mais son meilleur allié, ce n'est pas la gomme de sa tribu. C'est son chien.

-7-

Abel et la bête

Le grand chef Léo ne me donne pas le temps de me reposer. Il dépose deux pierres et une poignée de brindilles sur la terre, près de la balançoire. Il m'explique :

—Pour devenir un Tigron étoilé, l'initié doit montrer sa débrouillardise. Il doit savoir faire du feu. Abel, je veux que tu frappes ces pierres l'une contre l'autre. Avec une seule étincelle, tu pourras allumer ces brindilles sèches.

Je suis certain que je peux réussir. J'ai déjà lu la technique dans un livre. Je m'assois. Le sol est froid et humide. Avec énergie, je me mets à frotter les pierres l'une contre l'autre. C'est un bon moyen pour se réchauffer. Grand-papa me surveille, posté devant moi.

Je frotte, je frappe, je cogne, mais rien ne se produit. J'accélère le mouvement. Toujours rien. Grand-papa enlève son chapeau, se gratte la tête. Il ne comprend pas ce qui se passe. Il me demande de l'attendre un instant. Je le vois sortir de la cour et traverser chez le voisin. Mammouth le rejoint au galop. Il fonce dans la haie, piétine les arbustes délicats, puis disparaît. Le monstre revient peu de temps après, les pattes boueuses et le museau couvert de terre. Grand-papa le suit. Il a les bras chargés de pierres de toutes les couleurs.

Il les dépose à mes pieds en disant :

—J'en ai trouvé un bon tas à côté de trois fleurs maigrichonnes. Essaie-les.

Encore une fois, j'hésite. Notre voisin a très mauvais caractère. S'il apprend qu'on a saccagé son parterre, il va hurler! Il a même fait venir ses pierres multicolores d'Italie. Il n'arrête pas de s'en vanter. Je devrais peut-être en parler à grand-papa... Bof! Léo n'a certainement peur de personne. De toute façon, il parle plus fort que tout le monde.

Je me remets à la tâche. Je cogne, je frappe. Encore et encore. À vrai dire, ça m'amuse, parce que je pense au voisin. Il est tellement détestable! Il m'interdit de mettre les pieds chez lui.

L'automne, je ne peux même pas ramasser une seule belle feuille orangée sous son érable. Il sort aussitôt en jappant.

Grand-papa, lui, s'impatiente. Il prend deux pierres et essaie à son tour. Paf! Pif! Paf! Il en essaie deux autres. Paf! Paf! Pof! Les bruits s'entremêlent, se superposent. On se croirait dans une carrière de pierres. C'est drôle! Mais le feu ne jaillit toujours pas. Mon grand chef grommelle :

—Bout de comète de bout de comète! Allume un peu!

Exaspéré, il lance ses pierres sous la galerie. Il gratte une allumette et met le feu aux brindilles.

—Vite, Abel, respire la fumée, vite!

Je plonge la tête vers le petit nuage blanc. Grand-papa précise :

— Elle donne la force. C'est important pour la suite de la cérémonie.

Les larmes me montent aux yeux tandis que la fumée me pique les narines. Je manque de m'étouffer. Grand-papa compatit en me tapotant le dos avec son chapeau. Le feu s'éteint doucement. Je me redresse. Grand-papa sourit, satisfait.

— Il y a toujours bien une limite à s'éreinter. Être débrouillard, c'est aussi connaître les moyens modernes et s'en servir.

Il regarde autour de lui, puis il ajoute en baissant le ton :

— Ne le répète à personne, mais la tribu est parfois un peu

vieux jeu. Je n'allais tout de même pas t'obliger à frotter ces pierres ridicules jusqu'à midi. Un vrai Tigron ne laisse jamais un compagnon dans l'embarras. Passons à autre chose!

Grand-papa jette un seau d'eau sur le minuscule tas de cendres. Je sais comme lui qu'il faut se méfier du feu.

—Au pied! lance mon grand chef.

Immédiatement, Mammouth vient se placer à sa droite. Léo glisse ses pouces sous les bretelles de sa camisole, puis il déclare d'un air important :

—La bravoure est la qualité première de notre tribu. L'initié doit prouver son courage au combat. Moi, Léo Laforêt, j'ai combattu la panthère au museau blanc. La plus effroyable des bêtes sauvages. J'ai pensé à toi, mon Abel. J'ai décidé que Mammouth te servirait de bête sauvage.

Quoi? Me battre avec ce monstre? Oh! non, pas question! Jusqu'ici, je me suis assez bien amusé. Mais là, j'arrête. Je ne suis pas cinglé! Je ne vais pas affronter un ours aux dents aiguisées comme des sabres. Je suis trop petit. Je proteste :

—Mammouth ne...

La grosse bête se met à aboyer. Grand-papa fixe l'horizon. Je reprends :

—Je ne veux pas que Mam-
mouth...

Le chien s'excite de plus
belle, ravi de m'entendre pro-
noncer son nom. J'insiste :

—Grand-papa!

—Je la revois encore, cette
panthère, dit-il, les yeux dans
le vague. Je la tenais par
l'oreille et elle rugissait de
colère.

—Léo, je ne veux plus jou...

—Elle voulait s'échapper,
mais je lui tirais les mous-
taches. Ah! Ces Laforêt!

Il se frappe le torse du poing.

—Une vraie famille de sur-
hommes! Et tu en fais partie,
champion.

Grand-papa me pousse vers
le milieu du terrain. J'enrage. Il
refuse de m'écouter. Je pensais
qu'il se souciait un peu plus de
moi. Je croyais qu'il avait

changé. Eh non! Il parle de ses exploits et m'oublie complètement. Le géant Laforêt n'est qu'un égoïste. J'en ai assez de me faire conduire. Ça suffit! Je m'arrête, le corps droit comme un piquet de clôture. Je reste figé, les bras croisés.

Mon grand-père est surpris. Il m'observe avec attention. Il vient de comprendre que, moi aussi, j'ai du caractère. Il dit :

— Tu as l'attitude du combattant, mon garçon. La force court dans tes veines. Comme dans les miennes. Mais plie un peu les genoux et décroise les bras. Tu dois être libre de tes mouvements pour affronter la bête sauvage.

Je pousse un long soupir, découragé. Grand-papa a la tête plus dure qu'une boule de pétanque.

—Parfait! Respire encore. Il est bon que tu te détendes.

Il se retourne et beugle :

—Mammouth méchant!

Au commandement, le chien qui fouinait dans l'herbe s'immobilise. Il relève la tête et me fixe de ses yeux noirs. Des yeux noirs et profonds comme un long couloir abandonné. Le monstre retrousse ses babines. Avec horreur, je découvre deux rangées de dents étincelantes, chacune grosse comme mon pouce. Est-ce que grand-papa est devenu fou? Mammouth est si près qu'il peut en un seul bond m'attraper. Je dois trouver le moyen de me sauver.

Malheureusement, une main de géant se pose sur mon épaule. Je suis pris au piège.

—Tu n'as pas trente-six solutions, constate mon grand-père. Tu dois vaincre la bête sauvage. Tu peux l'attaquer à mains nues ou te munir d'un bâton. Creuser une fosse, si tu en as le temps. Tu peux choisir de te jeter sur son dos ou d'attraper sa queue au lasso. Tu peux aussi faire ceci...

Il se penche et murmure sa proposition à mon oreille. Hein? Je ne suis pas certain d'avoir compris. Mon grand chef répète. Il m'encourage à aller de l'avant.

J'appuie mes poings sur mes hanches. Je plie les genoux. Je respire un bon coup. Et je hurle à pleins poumons :

— Ooooiiiiiaaaaouououou- AAAAAAAA!

La réaction est instantanée : Mammouth s'écrase dans l'herbe. Il ferme les yeux et cache ses oreilles délicates

sous ses pattes de lion. Je regarde grand-papa. Son sourire déborde de fierté. J'ai réussi! J'ai terrassé le monstre noir.

—Youpiiii!

—SILENCE! crie une voix venue d'on ne sait où.

Je me tais aussitôt. Grand-papa hausse les épaules.

—Les voisins n'ont qu'à se bouger le samedi, grommelle-t-il. Pas de pitié pour les lève-tard, foi de Tigron!

Par contre, grand-papa a pitié de son chien. Il s'accroupit pour caresser sa tête tremblante. Il lui parle d'une voix douce, aussi douce que celle de maman :

—C'est fini, mon Mammouth. Tu sais bien que je devais révéler le secret à mon petit-fils. Un initié doit connaître le cri de guerre de la tribu. Tu es un bon gros chien. Tu as joué à la perfection ton rôle de bête sauvage.

Mammouth lèche les mains de grand-papa. Tout est pardonné. Il esquisse un pas vers moi, mais je ne le laisse pas s'approcher. S'il croit que j'ai oublié la perte de mon cornet à trois boules...

-8-

Les secrets
du silence

Toujours plein d'énergie, Léo m'invite à sortir de la cour. Nous marchons jusqu'au trottoir tandis que Mammouth fait un détour par le terrain du voisin. Le quartier commence à se réveiller. Quelques autos circulent. J'aperçois le camelot qui livre ses journaux. Grand-papa m'annonce :

— L'initié doit aussi trouver de quoi manger. La vie est difficile dans la tribu. Il faut user d'imagination pour se nourrir. Alors...

Non! Pas les affreux champignons qui poussent sous le perron!

—Champion, conduis-moi vite au restaurant. J'ai une faim d'éléphant.

Wow! Grand-papa a vraiment de bonnes idées. Je suis prêt à lui obéir sans discuter. Mon grand chef jette un regard à gauche, un regard à droite, puis il descend du trottoir tout en poursuivant :

—Sans vouloir me vanter, j'ai déjà mangé des rondelles de boa constricteur. C'est délicieux avec une pointe d'ail.

Je reste sur le trottoir. Je viens d'apercevoir une auto au bout de la rue.

—Mais rien ne peut battre les sauterelles dans la sauce tomate.

Grand-papa commence à traverser. L'auto se rapproche à vive allure. Grand-papa ne semble pas vouloir s'arrêter.

—Bien qu'un œuf de cro-
codile frit dans le beurre de
bisonne, c'est...

—ATTENTION!

Mon cri déchire le matin
calme. Grand-papa stoppe net.
Le chauffeur freine à fond pour
l'éviter. Il donne un coup de
volant. Son auto dérape, zigzague dans la rue, accélère et
s'éloigne. Je pose la main sur
mon cœur. Il cogne aussi fort
qu'un marteau-pilon. On dirait

qu'il veut sortir de ma poitrine. J'ai eu tellement peur!

Mon grand-père se retourne. Son visage est devenu blanc comme les neiges de l'Himalaya. Il ne dit pas un mot. Comme un automate, il revient vers le trottoir et va s'asseoir dans les marches de notre allée. Je cours le rejoindre. Je m'assois à côté de lui et j'attends. Pour un adulte de son âge, c'est une vraie bêtise de ne pas faire attention en traversant la rue.

Grand-papa enlève son chapeau et le dépose sur ses genoux. Il éponge son front trempé de sueur avec un mouchoir noir. Il passe une main tremblante dans ses cheveux épais. Au bout d'un long moment, il me dit sans me regarder :

—Abel, j'ai un secret à te confier. Je n'en ai encore parlé à personne.

Il hésite un instant, puis ajoute :

—L'auto, je ne l'ai pas entendue venir. Comprends-tu, Abel? Je n'ai pas entendu le bruit. Il n'y avait que le silence. Et ce n'est pas la première fois que ça se produit. Parfois, je n'entends même pas quand on me parle. Alors, je continue comme si de rien n'était. Je pense que... que je deviens sourd.

Quoi? Mon grand chef est sourd!!! Il se retourne vers moi, subitement inquiet. Il me demande :

—J'espère que je n'ai pas été impoli, au moins. J'espère surtout que je n'ai pas coupé la parole à quelqu'un ou empêché qui que ce soit de parler. Je ne pourrais pas me le pardonner. Tu me le dirais si c'était arrivé, n'est-ce pas?

En un éclair, je repense à ces nombreuses fois depuis hier où grand-papa ne m'a pas écouté. Je réfléchis à la colère qui grandissait en moi. Puis j'observe mon grand-père. Il paraît tellement mal à l'aise. Il craint si fort d'avoir mal agi. Il me fait penser à un petit enfant qui aurait peur d'avoir brisé le jouet préféré de son ami. Je prends une grande respiration et je réponds d'un ton ferme :

—Non, grand-papa, tu as été parfait. Personne ne s'en est rendu compte. Tu n'es pas pour rien un maître parmi les Tigrons.

Mon grand chef sourit de toutes ses dents et caresse son

chapeau d'un air satisfait. En articulant chaque mot, je lui dis :

— Tu sais qu'il existe des appareils auditifs. Je l'ai lu dans mon magazine de sciences. Tu pourrais en acheter un.

— Jamais! Je refuse de porter un appareil! J'ai toujours eu une ouïe parfaite. Léo Laforêt pouvait entendre un pas de loup à cinquante mètres, un corbeau déplier son aile, une souris cligner de l'œil. Si j'entends moins bien à mon âge, c'est mauvais signe. Ça signifie que je deviens vieux. Et je ne veux pas. Bout de comète!

Grand-papa prend un air buté. Je ne sais pas quoi ajouter. Être vieux, c'est encore très loin pour moi. Alors, je mets ma main sur son épaule pour le réconforter. Mammouth arrive à ce moment-là. Il a de la terre jusque dans les oreilles. Je souhaite très fort être très loin de la maison quand le voisin va découvrir son parterre. Je m'empresse de demander :

—On y va au restaurant, oui ou non? Ta tribu n'attend pas quand il faut trouver de la nourriture. Je dois te prouver que j'en suis capable.

Mon grand chef replace son chapeau de cow-boy sur sa tête. Il m'annonce en plongeant ses yeux dans les miens :

—Tu n'as plus rien à me prouver, Abel. Tu viens de me sauver la vie. La tribu est fière de t'accueillir. Tu es un brave Tigron, mon petit-fils. Mais il te reste une condition à accepter.

Quoi encore? Marcher sur les mains, danser sur le toit?

Grand-papa se lève. Son dos musclé se redresse. Il dépose sa large main sur ma tête et déclare :

—Je t'ai confié mon secret. Ce geste de confiance nous lie pour toujours. À la vie, à la mort. Maintenant, si l'un des deux appelle au secours, l'autre doit venir le secourir. Si l'un des deux a besoin d'aide, l'autre doit immédiatement lui prêter main-forte. Et si l'un des deux s'ennuie... eh bien, l'autre doit accourir pour lui changer les idées! C'est le pacte des Tigrons étoilés. L'acceptes-tu, Abel?

D'une voix fière et puissante, je réponds :

—Oui, je l'accepte. À la vie, à la mort!

Mon grand chef tape dans ses mains.

—Bon, passons aux choses sérieuses. Monte sur mes épaules et regarde si tu vois tes parents par la fenêtre. Nous allons les inviter à nous accompagner au restaurant.

Ouf! Moi qui pensais qu'il avait oublié. Grand-papa s'accroupit pour m'aider à grimper. Il se relève lentement. Oooh... ça bouge et c'est haut. Je me croirais perché sur le mât d'un bateau qui vogue en pleine mer.

—Tu vois, champion, tu es plus grand que moi. Si on essayait d'entrer chez toi, on ne passerait même pas dans la porte. Ta maison serait trop petite pour nous deux. De toute façon, une maison, ce n'est jamais assez grand pour deux Tigrons. Nous, nous ne sommes heureux que dans les grands espaces. Crois-moi sur parole!

Pendant que j'essaie de voir par la fenêtre du salon, ma mère sort sur le pas de la porte. Elle nous demande d'une voix éraillée :

—Êtes-vous dehors depuis longtemps? On a entendu des drôles de bruits, tôt ce matin. Je ne sais pas si c'était des jeunes qui faisaient une fête. Avez-vous eu connaissance de quelque chose?

—Non, non, répondons-nous d'une même voix.

J'ajoute :

—Nous nous amusions tranquillement.

Grand-papa enchaîne :

—Oui, on savait que vous vouliez dormir. Ma marguerite sauvage, je dois te dire que tu as un fils du tonnerre.

Sur ces mots, il me fait glisser de ses épaules. Il m'attrape par la taille, me catapulte vers le ciel, me rattrape. Je pirouette, je plonge, je virevolte. Il lance son chapeau d'une main et me projette de l'autre. J'étire le bras... et je saisis le chapeau au vol! Grand-papa me laisse retomber dans ses bras. Radieux, je brandis son chapeau bien haut. Il me serre très fort en s'exclamant :

—Bravo, Abel! C'est renversant. Quelle performance! Quelle adresse! Mais je ne suis pas étonné, tu tiens ça de moi. C'est une autre de mes fantastiques qualités. Les Laforêt sont des as. Il n'y a pas meilleur que nous. Tu sais que j'ai déjà transporté une pyramide de trois cents verres de cristal sans en échapper un seul. J'ai

même attrapé au lasso la patte d'une mouche à cheval et aussi l'aile d'une chauv...

J'enlace le cou de grand-papa. Je suis si fier d'avoir attrapé son chapeau en plein vol! Je me sentais comme un acrobate suspendu dans le vide. J'ai vraiment hâte de raconter ma prouesse aux copains. Plus qu'une simple prouesse d'ailleurs. Je dirais que c'était un véritable exploit! Et je ne compte pas m'arrêter là, bout de comète!

FIN

Également de la même auteure

Le Rossignol de Valentin, Les publications Graficor, coll. Tous azimuts, 1er cycle, livret 34, 2001.

Panique en musique, Les publications Graficor, coll. Tous azimuts, 1er cycle, livret 36, 2001.

Comptines pour le jour et la nuit, Les publications Graficor, coll. Tous azimuts, 1er cycle, livret 38, 2001.

Le Furet, Les publications Graficor, coll. Tous azimuts, 1er cycle, livret 40, 2001.

Dormira ? Dormira pas ?, Les publications Graficor, coll. Tous azimuts, 1er cycle, livret 42, 2001.

Écris-moi vite !, Les publications Graficor, coll. Tous azimuts, 1er cycle, livret 44, 2001.

As-tu de l'imagination ?, Les publications Graficor, coll. Tous azimuts, 1er cycle, livret 46, 2001.

Pile ou face, Les publications Graficor, coll. Tous azimuts, 1er cycle, livret 48, 2001.